Bolita de GUDE

Para Rafael e Valentin

©2021, Rafael Guimaraens (textos)

Direitos da edição reservados à Libretos.
Permitida apenas a reprodução parcial, para estudo e divulgação,
e somente se referida a fonte.

Edição e design / Clô Barcellos
Ilustrações / Moa Gutterres
Revisão / Célio Lamb Klein
Produção executiva / Andrea Ruivo

Dados de Catalogação na Fonte Internacional:
Bibliotecária Daiane Schramm – CRB-10/1881

G943b	Guimaraens, Rafael
	Bolita de gude. / Rafael Guimaraens, ilustrações de Moa Gutterres. – Porto Alegre: Libretos, 2021.
	36p.; il.; 16,5cm x 24,5cm.
	ISBN 978-65-86264-39-5
	1. Literatura infanto-juvenil. 2. Conto. 3. Amizade. 4. Jogos de infância. I. Gutterres, Moa; il. II. Título

Esta obra segue as regras do Acordo Ortográfico da Língua Portuguesa
de 1990, utilizado no Brasil desde 2009.
Nos diálogos, o autor optou pela linguagem coloquial.

Rua Peri Machado 222, B, 707
Porto Alegre – RS – Brasil
CEP 90130-130
www.libretos.com.br
 Libretoseditora
 libretos Editora
libretos@libretos.com.br

Bolita de GUDE

Rafael Guimaraens

Ilustrações Moa Gutterres

Porto Alegre, 2021

Libretos

A mãe olha para o filho pelo espelhinho do automóvel.

– Pegou o pijama, Gábi?

No banco de trás, o menino responde, com uma voz entediada.

– Pegueeeeei.

– Escova de dente? Os cadernos para fazer os temas?

– Tá tudo na mochiiiiila.

– Olha os modos!

Gábi não quer muito assunto. Está preocupado com um problema muito grave que terá de resolver na segunda-feira, depois de passar o fim de semana com os avós. Tenta se distrair, mas o problema não sai da sua mente. A mãe estaciona o automóvel e abana para o pai dela, avô do menino, que já está na calçada. Os dois se abraçam.

– Tudo bem, minha filha?

– Tudo. Taí o mocinho, pai.

– Não ganho meu beijo? – pergunta o avô.

O menino, contrariado, dá um beijo na bochecha do avô.

– Só por que tá ficando homenzinho não quer beijar o vô?

A mãe se despede.

– Amanhã à noite te busco, viu? E te comporta!

Enquanto arrumam as coisas, o avô percebe que Gábi está muito quieto e preocupado.

– Algum problema?

– Nada, não.

– Sabe que pode contar pro teu vô, Gabriel.

– Todo mundo me chama de Gábi. Acho que só tu me chama de Gabriel.

– Chamo de Gabriel porque também é meu nome e porque é muito bonito.

– Tu não tinha apelido, vô?

— Quando era guri, me chamavam de Biel.

Gábi olha para os lados.

— Ué, cadê a vó?

— Foi fazer um curso de aperfeiçoamento.

— Pra quê?

— Pra se tornar uma professora melhor.

— Mas ela não tá se aposentando?

— Nunca é tarde pra melhorar.

— Mas no sábado, vô?

— Não tem dia pra melhorar. Ela volta de tardinha e mandou dizer que vai fazer nhoque, que tu gosta. Agora, vamos guardar essa mochila. Que peso!

— Trouxe o *play station* pra gente jogar.

— Antes, eu quero te mostrar umas coisas. Vem cá.

Vô Gabriel leva Gábi até a garagem, que está uma bagunça: três bicicletas, uma caixa de ferramentas, latas de tinta e muita quinquilharia. O avô aponta um baú de madeira no fundo da garagem. Gábi arregala os olhos.

— Que massa! Parece coisa do *Piratas do Caribe*.

Os dois se agacham. Vô Gabriel abre o baú.

— Aqui estão meus tesouros. Gosta de gibi?

— Ahã.

Primeiro, o avô tira uma pilha de revistas já amarelecidas: *Zorro, Tarzan, Fantasma, Príncipe Valente*. Depois, pega outra pilha.

– Aqui estão meus álbuns. Esse é o de automóveis.

Gábi olha, deslumbrado.

– Cada carro gozado...

– Os que eu mais gosto são esses, ó. Página 12. Mustang 66, um show. E esse aqui, na página 15: Simca Chambord, feito no Brasil. Meu pai, o teu bisavô, tinha um vermelho e branco. Depois, te mostro uma foto nossa na frente do Simca. Também tenho o álbum do reino animal, o das grandes guerras, o dos povos primitivos... Eu adorava colecionar. Ah, o meu preferido: *Copa 70*.

Gábi folheia o álbum.

– Ué. Não tá completo?

– Quase. Só faltaram três figurinhas, que eu não consegui de jeito nenhum. Bobby Moore, da Inglaterra, Dumitrache, da Romênia, e Gigi Riva, da Itália. Eram dificílimas. Fiz tudo pra conseguir, mas quase ninguém tinha. Quem tinha, não queria trocar. Andei em todas as salas da escola procurando gente que colecionava o álbum, caminhei por toda a vizinhança e não consegui. Aí, aprendi uma coisa importante. Sabe o quê?

– Que tem coisas que a gente não consegue, mesmo se esforçando?

– Pode ser, mas dá pra dizer de outro jeito: não se pode ter tudo na vida, mas é preciso se esforçar, mesmo que no fim sobre só o esforço. Pior é não tentar.

O menino aponta para uma velhíssima bola de couro murcha no canto do baú.

– Legítima número 5 – diz o avô. – Ganhei de aniversário de dez anos e joguei até gastar.

– Tu jogava bem, vô?

– Eu era mais ou menos.

– Mais ou menos bom ou mais ou menos ruim?

– Entre dez, eu era o quarto ou quinto a ser escolhido. Era bom nos passes, mas chutava mal e tinha que jogar sem óculos. Às vezes, não enxergava e passava a bola pro adversário – o avô diz e dá uma gargalhada.

A seguir, pega uma caixinha de papelão:

— Esse aqui era meu time de botão. Só "puxador" de três camadas, nada de "panelinha". Gosta de jogar botão?

— Tem um game de botão no computador.

Vô Gabriel faz uma expressão de desdém.

— Game de botão. Era só o que faltava... Ali está o meu taco. Eu mesmo que fiz. Já jogou taco?

Gábi pega o pedaço de madeira com o nome "Biel" esculpido a canivete.

— O meu pai jogava, mas eu nunca vi.

— Taco eu jogava melhor que futebol — diz o avô. — Uma vez, cheguei a ser vice num campeonato da rua. Mas o que eu era craque mesmo era nisso aqui.

O avô pega um saco de pano com o nome dele bordado, desata o nó e o abre.

— Bolita de gude! — diz o menino.

— Conhece?

— Já vi na internet, mas nem sei como se joga.

O saquinho contém umas vinte esferas de vidro, todas do mesmo tamanho e esverdeadas, com exceção de duas bem diferentes. Vô Gabriel pega uma delas, bem maior que as outras.

– Esse aqui é o bochão. A gente pode usar em algumas situações. Depois vou te explicar. E essa aqui era a que eu jogava.

O avô mostra uma bolita colorida azul e vermelha com uns detalhes em amarelo.

– A minha águida – o avô diz, com os olhos brilhando.

– Lindona. Mas por que tu guarda tudo isso, vô?

– Guardo pra me lembrar. Ou melhor: pra não me esquecer. Bom, dá no mesmo. Vamos jogar bolita?

O menino faz uma cara de dúvida. O avô insiste.

– Vamos, guri. Depois, eu jogo *play station* contigo.

O avô pega o saquinho de bolitas, fecha a garagem e atravessa a rua, seguido pelo menino. Na frente da casa, tem uma pracinha e a cancha de bocha está desocupada. O avô entra na cancha comprida, vai até uma das pontas e faz um círculo com o dedo na areia.

— Tem muitos jeitos de jogar. Eu vou te mostrar como eu jogava quando era guri. Esse aqui é o gude. Aqui, a gente "casa" as bolitas.

Ele coloca quatro bolitas no gude e caminha para o outro lado da cancha. Faz um risco reto de um lado ao outro.

— Antes de começar, é preciso definir se o jogo é "às ganhas" ou "às brincas". Às ganhas, a gente fica com as bolitas que tirar do gude. Quando é às brincas, no final, cada um pega suas bolitas de volta. Vamos começar. Desse risco, cada um joga a sua bolita, e quem ficar mais perto do gude é que começa. Se as bolitas dos adversários estão muito perto do gude, o melhor é usar o bochão pra tentar tirar alguma do gude logo de saída ou empurrar as bolitas dos outros pra longe. Por isso, todo mundo quer ser o último a começar.

O avô pega o bochão, gira na mão, faz uma pose e arremessa em direção ao gude. Chega a bater numa bolita, mas não tira.

— Agora, vamos aprender o jogo. Vou te deixar jogar com a minha águida. Cuidado, hein?

Vô Gabriel pega a mão do Gábi, dobra o dedo polegar no meio da palma da mão e fecha os outros dedos sobre ele. Afasta um pouquinho o indicador e coloca a bolita naquele espaço.

– Essa é a posição "cu de galinha". Não fala pra tua avó. Agora, aponta para o gude e solta o dedão.

Gábi impulsiona o polegar, mas a bolita passa longe do gude.

– Ih, vô. Acho que sou ruim.

– Calma, tá recém aprendendo, Gabriel. Que nem eu no *play station*, lembra? Jogava mal, mas fui melhorando aos poucos. Tenta de novo.

Gábi tenta várias vezes até acertar em uma bolita do gude.

– Acertei!

– Nicou, mas não tirou do gude. Pra ficar com a bolita tem que acertar nela e empurrá-la para fora do gude, entendeu? Mas cuidado. Se eu jogar e a minha bolita ficar no gude, aí eu "morri" e perco essa rodada.

Vô Gabriel pega a águida.

– Vou te mostrar uns truques. Primeiro, tem que ter uma estratégia. Mirar nas bolitas que estão mais perto da risca, que são as mais fáceis de tirar do gude. Se conseguir tirar, pode jogar de novo. Segundo, em vez de "cu de galinha", é melhor aprender o "nhaque".

Ele abre a mão, coloca o dedão na palma e o cobre só com o dedo pai de todos, deixando os outros soltos e o minguinho espichado. Depois, dobra o indicador e coloca a bolita no vão. Gira o pulso para cima e solta o dedão rapidamente.

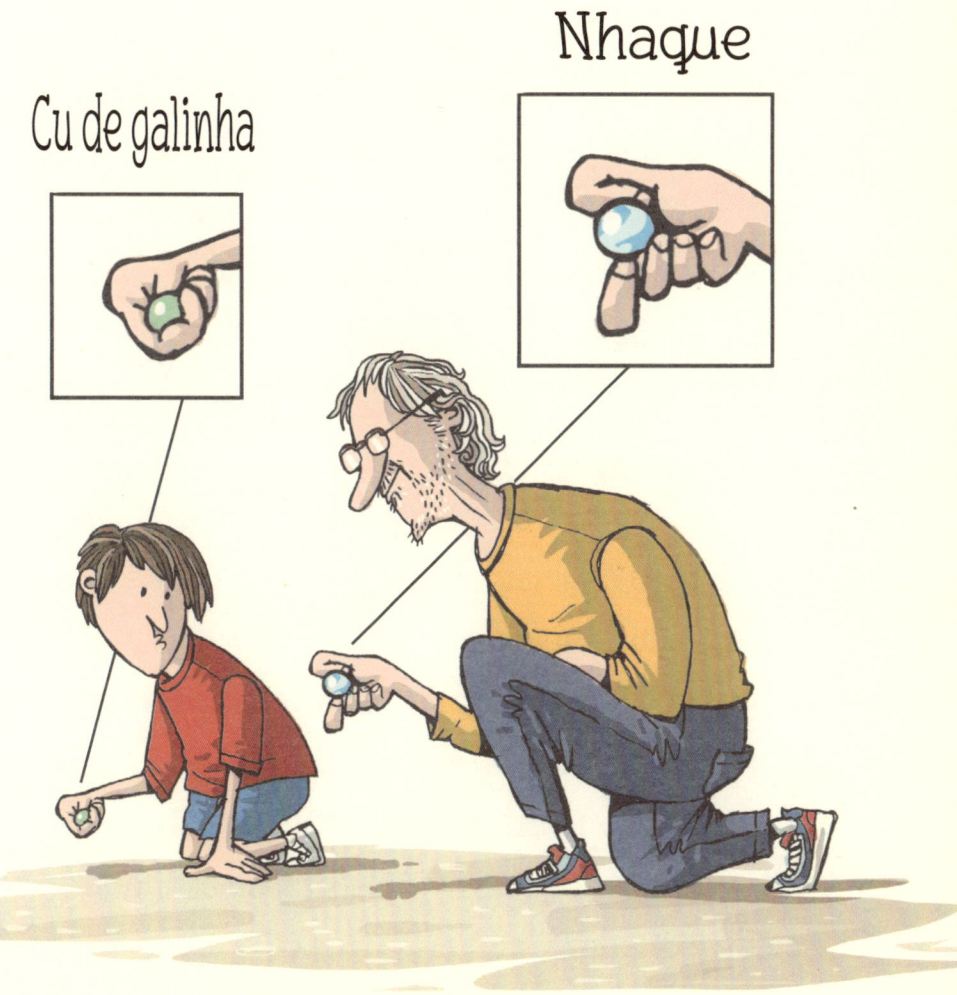

A águida acerta em cheio a bolita que está no meio do gude, jogando-a para fora.

— Tirei, então posso jogar de novo.

Vô Gabriel faz outras três jogadas iguais e esvazia o gude.

— Bah, vô. Tu joga muito!

— Pelei o gude! É quando um jogador tira todas as bolitas numa só jogada. Fiz isso várias vezes quando era guri. É que nem fazer um golaço no futebol.

— Massa!

Os dois ficam um bom tempo jogando bolita. Gábi já consegue acertar de vez em quando e começa a se entusiasmar.

— Não vale "mãozinha" nem "facão"— diz o avô.

— O que é isso?

— Mãozinha é quando a gente tá mirando e a mão vai avançando pra ficar mais perto do gude. Facão é quando, na hora de jogar, a mão pula pra frente.

— O tiovô também jogava?

— O Rafael? Capaz... Ele era mais velho, se interessava por outras coisas. Naquela época, o Rafa estava envolvido com política estudantil, participava de passeatas contra o governo, que era uma ditadura. Sabe o que é ditadura, né?

— Mais ou menos.

— Ditadura é quando as pessoas não têm muita liberdade e o governo persegue os que são contra ele. Bem, dia de passeata, o Rafa sumia de casa cedo porque sabia que o pai e a mãe não gostavam e iriam dar um sermão.

— Que danado, o tiovô.

— Pois é, durante a ditadura, ele passou poucas e boas, mas sobreviveu. Continua por aí, firme e forte. Tá gostando de jogar?

— Ahã!

— O jogo é muito gostoso, até aparecer o fiscal de bolita.

– Fiscal? Como assim?

– Vou te contar uma história, mas deixa eu levantar, que já estou com dor nas costas.

Os dois sentam em um banco ao lado da cancha.

– Quando eu tinha mais ou menos a tua idade, a gente jogava bolita na calçada, na beira da calçada. Nossa cancha ficava bem na esquina do edifício da Tininha.

– Quem era a Tininha?

– Ai, a Tininha... Tu te interessa por gurias, Gabriel?

Gábi fica vermelho.

– Pode falar. Não precisa ter segredos com o teu vô. Tem alguma que tu acha engraçadinha?

– Algumas – Gábi desconversa.

– Mas garanto que tem "uma" especial. Aquela que tu sente vontade de encontrar, gosta de olhar, gostaria de conversar, vai dizer que não?

Gábi pensa na sua colega Carolina e no problema que vai ter que enfrentar segunda-feira.

– Pra mim, a Tininha era aquela "uma". Bonitinha, esperta, cheia de vida. Eu jogava bolita, enquanto ela dançava bambolê, pulava sapata ou então brincava de pega-varetas na entrada do prédio dela. Era a melhor da rua em pega-varetas. Ganhava das meninas e dos meninos.

TININHA

— Tu jogava com ela?

— Eu? Pobre de mim. Nunca me convidou. Acho que nem me enxergava. Eu ficava ali, jogando e espiando a Tininha com o cantinho do olho, e ela, nem bola. Um dia, eu estava jogando bolita com dois amigos, o Chico e o Zé, quando apareceram três guris grandões, bem mais velhos que nós. Um deles, o mais forte, que chamavam de Ronaldão, chegou perto e gritou: "Fiscal de bolita!". Pegou todas as nossas bolitas e botou no bolso, inclusive essa aqui, a minha águida.

— Pegou assim, sem mais nem menos?

— Essa história do fiscal de bolita era uma grande sacanagem. O sujeito, geralmente mais velho e mais forte, se sentia no direito de roubar as bolitas dos meninos menores, e a gente tinha que ficar quieto. Eu reclamei: "Devolve nossas bolitas!". Ele disse: "Agora são minhas, trouxa!". Um dos meus amigos, o Chico, protestou: "Vou contar pro meu pai". O Ronaldão imitou ele, fazendo cara de choro: "Vou contar pro meu papai". Aí, pegou o meu amigo pelo pescoço, deu um croque nele e ameaçou: "Experimenta contar pro teu pai pra tu ver!".

— E tu, vô?

— Fiquei insistindo: "Devolve as bolitas!". Aí, ele me empurrou e eu caí de bunda no chão. Nisso, a Tininha largou o jogo de pega-varetas e veio tomar satisfação. "Provalecido!", ela disse, na cara do Ronaldão. Ele respondeu: "Galinha!". E ela: "Galinha é tu, que é mais peru!".

— A guria enfrentou o Ronaldão?

— Isso que era pequeninha. Bom, os três grandões foram embora, debochando de nós e carregando as nossas bolitas. A Tininha ficou xingando os caras de tudo quanto era nome. Quando eles sumiram, ela voltou para o prédio e nos olhou com cara de pena. Doeu na alma.

— Que chato, vô.

— Uma humilhação danada. Daí, eu pensei, vou chamar o Rafa e vamos recuperar as bolitas na mar-

ra. Entrei em casa. Primeiro, estranhei que a mãe não me mandou tomar banho. Daí, vi que estavam os dois em silêncio na sala. Meu pai com a cabeça encostada na mesa ao lado do telefone e minha mãe consolando ele.

– Aconteceu alguma coisa?

– Foi o que eu perguntei. Minha mãe respondeu que o Rafael tinha desaparecido durante a passeata. Ninguém sabia dele. Estavam com medo que ele estivesse preso. Naquela época, muita gente ia presa e apanhava muito. Às vezes, até davam sumiço na pessoa.

Gábi olha para o avô, assustado.

– Então, havia um problemão em casa. O Rafa estava sumido e podia ter acontecido alguma coisa grave com ele. E eu tinha um probleminha meu, muito menor, mas pra mim era muito sério. Perdi minhas bolitas, estava desmoralizado diante da Tininha e não podia contar com o Rafa pra dar uma lição no tal do Ronaldão. Aliás, nem sabia se o Rafa voltaria para casa. Eu estava sofrendo com as duas coisas que se misturavam na minha cabeça.

– O que tu fez?

– O que tu faria no meu lugar?

Gábi começa a pensar no seu próprio problema. O avô afaga o cabelo do neto.

— Vamos fazer um lanche? Depois, eu continuo contando.

Os dois voltam para casa. Vô Gabriel faz um sanduíche de queijo e uma batida de banana para o neto. Mas Gábi está pensativo nos dilemas do avô, de anos atrás, e no ele que terá de resolver na segunda-feira.

Durante a semana passada, Carolina, a guria que ele gosta, convidou Gábi para estudarem matemática na biblioteca na hora do recreio. Foram três dias de muito estudo e muita risada naqueles quinze minutos de intervalo. Só que outro guri, o Rodrigo, que é muito forte, luta judô e por isso todo mundo tem medo dele, está a fim da Carol. Quando ficou sabendo que Gábi e ela estavam estudando juntos, Rodrigo virou uma fera. Na saída do colégio, puxou Gábi para um canto e ameaçou:

— Se eu souber que tu ficou de galinhagem com a Carol na

hora do recreio de novo te dou uns tapas na frente de todo mundo.

Acontece que Gábi e Carol combinaram de estudar no recreio de segunda-feira porque terça tem prova de matemática. Se ele for ao encontro dela, vai apanhar do Rodrigo e será desmoralizado na frente de todo mundo. Se não for, ela vai ficar muito chateada e nunca mais vai falar com ele. De certa forma, a sua situação é parecida com a história que o avô está contando. O que ele faria se estivesse no lugar do avô? E o que o vô Gabriel faria se estivesse no lugar dele?

– Come devagar, senão vai ter uma congestão – diz o avô.

Gábi ficava sacudindo a perna de tão curioso para saber a continuação da história.

– Conta logo, vô!

– Bem, onde é que eu parei?

– O tiovô tava sumido e o Ronaldão tinha passado a mão nas tuas bolitas.

– Ah, é. Bem, foram duas horas de angústia. Aí, tocou o telefone. Meu pai atendeu.

– Era o tiovô?

Vô Gabriel imita o pai atendendo o telefone.

– "Alô? Sim... Sou o pai do Rafael... O que aconteceu?". Minha mãe sacudia os ombros do pai: "O que houve, conta!". Meu pai continuava no telefone. "Preso?". A mãe começou a chorar. O pai: "Ah, graças a Deus! Tá bom, estamos esperando". A mãe rezava. Meu pai desligou o telefone e contou: era um advogado dos estudantes dizendo que o Rafa tinha sido preso na passeata, mas felizmente tinham conseguido tirar ele da cadeia. Disse que meu irmão levou uns tapas, mas enfrentou os policiais com muita coragem. Minha mãe ficou aliviada e se abraçou em mim. Teu biso não sabia se ficava brabo ou orgulhoso do filho.

– E tu?

– Fiquei aliviado e orgulhoso do meu irmão. Não sei como, mas aquilo me deu coragem para enfrentar o "meu" problema. Uma coragem que eu nunca tinha sentido antes. Não que eu fosse covarde, mas nunca tinha passado por uma situação como aquela. Dei um beijo na mãe e saí de casa. Ela perguntou: "Onde tu vai?". Eu respondi, bem sério. "Resolver um problema e já volto".

– Foi atrás do Ronaldão? Não acredito, vô.

– Espera. Passei na frente do edifício da Tininha e perguntei pras gurias que estavam jogando pega-varetas. "Vocês sabem onde mora o Ronaldão?". Elas arregalaram os olhos. A Tininha se levantou e disse. "Dobrando à esquerda, uma casa amarela no fim da quadra, mas tu não tá pensando em...". Olhei bem pra ela, pisquei um olho e me fui. Estava cheio de coragem, mas admito que no meio do caminho as pernas às vezes ficavam bambas. Bati na campainha. O Ronaldão atendeu.

– O próprio?

– Ele disse: "O que foi, fedelho?" ou coisa parecida. Eu falei: "Devolve as bolitas". E ele: "Te manda!". Bateu a porta na minha cara. Toquei a campainha outra vez. Ele abriu. "Pode ficar com as outras, mas quero a minha águida de volta", eu falei.

– E ele, vô?

– Ficou ali, gritando: "Te manda, as bolitas são minhas, não enche o saco!". Bateu a porta outra vez.

– E tu?

– Apertei a campainha de novo. Ele disse: "Se bater mais uma vez, te dou uma sova". Eu respondi: "Se tu me encostar a mão de novo, meu irmão vem aqui e te dá

um pau! Quero a minha águida". Com a gritaria, apareceu a mãe do Ronaldão. "O que tá acontecendo?". Eu tentava ficar calmo, mas estava tremendo por dentro. "Boa tarde, senhora. Desculpe incomodar. Meu nome é Gabriel, moro na rua de baixo. Vim aqui buscar as bolitas que seu filho me roubou". A mãe olhou pra o filho, esperando uma explicação.

– E ele?

– Disse: "Não roubei nada, nem conheço esse fedelho". Eu interrompi: "Se a senhora examinar as bolitas dele, vai ver que tem uma azul e vermelha com uns detalhes amarelos. É a minha águida de estimação. Quero de volta. As outras ele até pode ficar, mas acho que não fica bem pra sua família ter um grandalhão desses roubando coisas pela rua". A mãe olhou pro Ronaldão com cara feia. "Deixa eu ver tuas bolitas, Ronaldo Alfredo". Eu emendei: "Mostra as bolitas pra tua mãe, Ronaldo Alfredo".

Gábi dá uma risada. O avô continua.

– Ele bufava de ódio. Foi lá dentro, buscou as bolitas e jogou na minha mão. Algumas caíram no chão. Calmamente, juntei uma por uma e fui botando no bolso. Tinha recuperado a minha águida. A mãe disse pra ele: "Quando teu pai voltar, vamos ter uma conversinha", e entrou. Ficamos sozinhos na porta, eu e o Ronaldão. Ele ameaçou: "Some da minha frente! E se espalhar que meu nome é Ronaldo Alfredo, vou te dar um pau!".

– Deu uma ganhada no grandalhão, vô.

– Até hoje não sei como. Acho que baixou o espírito do Rafael. Se ele podia encarar os brutamontes da polícia, por que eu não conseguiria enfrentar um gurizão metido a besta, né? Mas não termina aí.

– Tem mais?

– Imagina a minha volta. Tinha uma turma na frente do prédio da Tininha, as gurias do pega-varetas, meus amigos, alguns vizinhos, todo mundo alvoroçado. Cheguei calmamente, como caubói de faroeste que acabou de ganhar um duelo contra o bandido. Tirei as bolitas do bolso e mostrei pro Chico e o Zé. "Quais são as de vocês?". Os guris pegaram as águidas deles, dividimos as outras bolitas e ainda jogamos uma partidinha, às brincas.

– Tudo isso pra recuperar as bolitas?

– E a dignidade, que é mais importante. Quando terminamos o jogo, ganhei o maior prêmio da tarde.

– Qual foi?

— A Tininha veio e perguntou: "Gabriel", e eu achava que ela nem sabia o meu nome. "Gabriel, tu sabe jogar pega-varetas?". Foi a glória.

— Foi assim mesmo que aconteceu, vô?

— Bom, pode ser que eu tenha enfeitado um pouco. É difícil lembrar cada detalhe depois de tanto tempo, mas foi assim que ficou na minha memória.

— Mas poderia ter acontecido o pior, né?

— O que, por exemplo?

— O Ronaldão podia ter te dado uma surra.

— Pior que a surra seria a sensação de não fazer nada. Os machucados no corpo a gente cura, mas os machucados na alma vão doer pelo resto da vida.

— Pô...

Gábi passa um fim de semana bem agradável com os avós. Sábado de noite, come nhoque, que ele adora, e escuta a avó falar das novidades que aprendeu no curso. No domingo, os três vão passear de bicicleta e almoçam bife com fritas e sagu, de sobremesa. À tarde, a avó vai estudar, enquanto ele e o vô Gabriel voltam à praça, para jogar mais bolita. À tardinha, o avô pede para jogarem um pouco de *play station*.

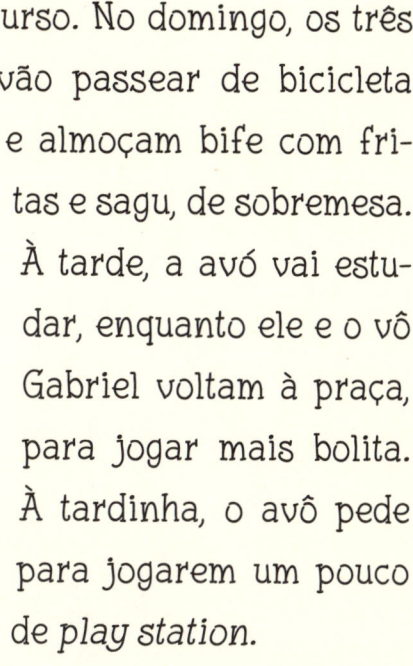

— Tu tá melhorando, vô. Não tá tão fácil te ganhar.

— Que nem tu na bolita.

À noite, quando sua mãe vai buscá-lo, Gábi se sente leve e cheio de coragem.

Na segunda-feira de manhã, Gábi entra no colégio e cruza com o Rodrigo, que faz uma cara de superioridade. Gábi não se perturba. Durante a aula, ele e Carol ficam trocando olhares e sorrisos. Na hora do recreio, se dirigem à biblioteca para estudar matemática. Quando bate, os dois estão retornando para a sala de aula e Rodrigo aparece na frente deles, no meio do pátio. Todo mundo fica na expectativa.

Então, calmamente, Gábi e Carol se dão as mãos e olham firme nos olhos de Rodrigo.

FIM (ou COMEÇO?)

RAFAEL GUIMARAENS

Rafael Guimaraens nasceu em Porto Alegre em 1956. Em 1997, escreveu *O Livrão e o Jornalzinho* (Editora Tchê/1997; Libretos/2011). Nos anos seguintes, lançou *Pôrto Alegre Agôsto 61*, *Trem de Volta*, *Teatro de Equipe* (com Mario de Almeida), *Tragédia da Rua da Praia*, *Abaixo a repressão – Movimento estudantil e as liberdades democráticas* (com Ivanir Bortot), *Teatro de Arena – Palco de resistência*, *A enchente de 41*, *Unidos pela liberdade!*, *A dama da lagoa*, *O sargento, o marechal e o faquir*, *20 relatos insólitos de Porto Alegre*, *Fim da linha – o crime do bonde*, *O espião que aprendeu a ler* e *1935*, além dos álbuns *Rua da Praia – um passeio no tempo*, *Mercado Público – palácio do povo* e *Águas do Guaíba*, todos pela Editora Libretos. Coordenou a edição do livro *Coojornal – um jornal de jornalistas sob o regime militar* (2011). Desde que começou a escrever, participa de programas de leitura nas escolas (Adote um escritor, Autor Presente e Lendo pra Valer), onde conquistou dezenas de amigos. Pensando neles, escreveu *Bolita de gude*.

As atividades do escritor Rafael Guimaraens estão relatadas no site www.libretos.com.br.
Contato: rafael@libretos.com.br

MOA GUTTERRES

Moa (Moacir Knorr Gutterres) nasceu em Porto Alegre no ano de 1962. É casado, pai de dois filhos e formado em Jornalismo. Começou a desenhar profissionalmente em 1986, quando passou a se dedicar com exclusividade a essa atividade. Já publicou seus desenhos em jornais sindicais e de empresas, campanhas políticas, materiais publicitários, publicações culturais e jornais diários, como *Zero Hora* e *Jornal do Comércio*, ambos em Porto Alegre.

Como cartunista, ganhou prêmios em diversos salões de desenho de humor pelo mundo, tais como: Salão Internacional de Desenho para Imprensa de Porto Alegre (2 vezes), Salão Internacional de Humor do Piauí, Prêmio ARI em Porto Alegre (2 vezes), Salão Internacional de Humor de Piracicaba (2 vezes), Salão Internacional de Humor do Rio de Janeiro (2 vezes), dentre outros.

É autor de literatura infantil com o livro *Planetinhas*, editado pela RBS Publicações.

Atualmente, Moa trabalha como cartunista e ilustrador.

Contato: moacartoons@gmail.com

Conheça também,
com ilustrações de Moa Gutterres,

O Squonk da Antônia,
Suzana Bins

O muro da casa amarela,
Antônio Vicente
Martins

Uma edição da Libretos, livro composto em fonte Sapeca, cp 17/23, impresso na Gráfica Pallotti sobre papel off-white 90g/m² em outubro de 2021.